Philipp Winterberg   Nadja Wichmann

# Czy jestem mała?

D1401211

Text: Philipp Winterberg · Illustrations: Nadja Wichmann, nadja-illustration.de · Translation: Universal Translation Studio
Original title: Bin ich klein? · Fonts: Patua One/Arial Unicode · Production: CreateSpace, Scotts Valley, CA 95066, USA · Printed in
Germany by Amazon Distribution GmbH, Leipzig · Publisher: Philipp Winterberg, Münster · Infos: www.philipp-winterberg.com

# To jest Tamia.

Tak!
Zgadza się!

Tamia jest wciąż bardzo mała.

Ja?
Mała?

Czy jestem mała?

Maluteńka? Ty?
Jesteś mini!

Czy jestem malutka?

Czy jestem maluteńka?

Maluteńka? Ty? Jesteś mikroskopowych rozmiarów!

Czy jestem mikroskopowych rozmiarów?

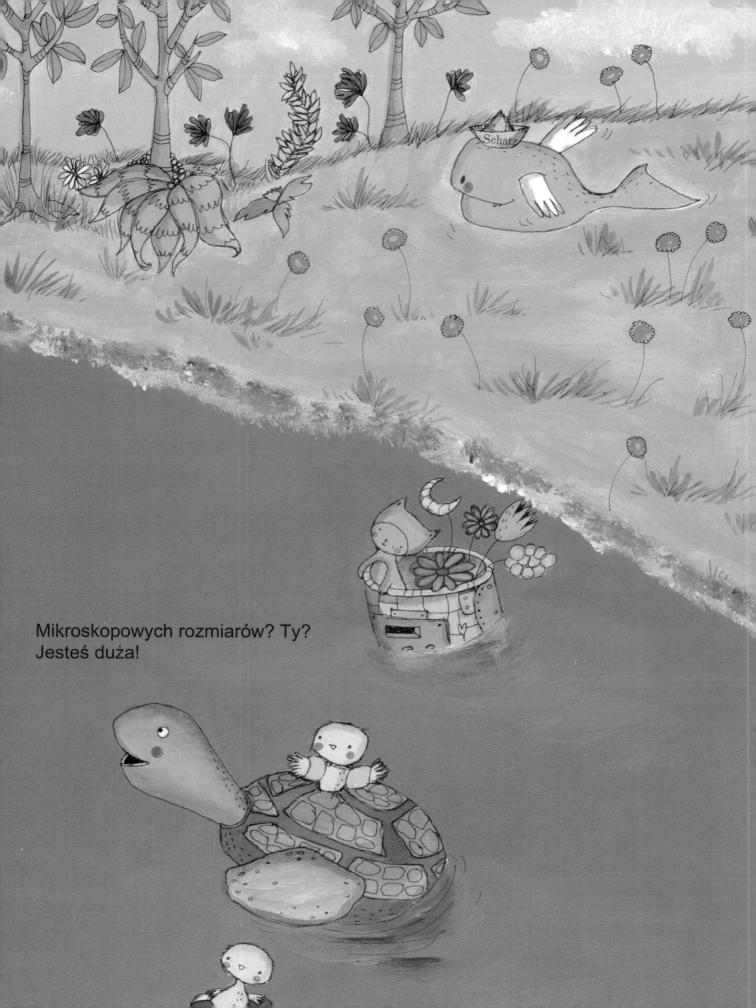

Mikroskopowych rozmiarów? Ty?
Jesteś duża!

Czy jestem duża?

Duża? Ty?
Jesteś wielka!

Czy jestem wielka?

Wielka? Ty?
Jesteś ogromna!

Czy jestem ogromna?

Ogromna? Ty?
Jesteś gigantyczna!

Chwileczkę…
Już rozumiem! Jestem
każdego rozmiaru…

…więc jeżeli jestem każdego rozmiaru,
jestem także: W sam raz!

# More books by Philipp Winterberg

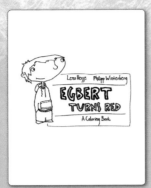

## Egbert turns red

Yellow moments and
a friendly dragon...

**Print-it-yourself eBook (PDF)** Free!

DOWNLOAD » www.philipp-winterberg.com

## In here, out there!

Is Joseph a Noseph or some-
thing else entirely?

INFO» www.philipp-winterberg.com

## Fifteen Feet of Time

A short bedtime story
about a little snail...

**PDF eBook** Free!

DOWNLOAD » www.philipp-winterberg.com

41838928R00018

Made in the USA
Lexington, KY
29 May 2015